「想う」から生まれる距離

根本はる

文芸社

目次

名前のない海

君が肩に斜め掛けるガラス瓶
肌色のコルクの栓の中には海がたゆたう
白い爪をたて、七色の光見せ
夜には月を転がす
ただ生き物のまだ存在しない海
君が歩く度に揺れる

記憶を呼んで遠く焦がれて
また次の何処かまでと
歩く何歩の毎日
君が隣に来た時
呼吸がとまどう街中

私はチャプんという音を聴いた

君は気遣うこともなく
ひとの間をすり抜け
机に凭れてはころころ笑い
ふいに風を切る
その度にチャプんと泡が生まれる

君がどこまで知っているのか知りたい
君が気付いていなくても
それが海である事を私は知っていたい
君が感じ始めた時から守ってしまうなら
その気持ちからも守ってしまいたい
世界が出来ない自由と乱暴を
世界が間違う偶然と必然を
君は迷いもなく無視して繰り返してる

瓶の中では時が織られていく
名前のない海で
いま命が息づき始める
またひとつ、チャプんと翻して

しずく

時間をかけたものだけが本当だとか
思わなくていいよ
外に出す度消えてしまいそうな
不安はなくならないよ

それは
荷物をどけた絨毯が呼吸をする時に起きるすきま風
そんなようなもの
少し名残惜しくて
でもだから優しくなれる
思い出のようなもの

手許が軽くなっても
確かめたりしなくていい
あなたの横顔はわたしが知ってる

時に預けて行くことを
変わって行くことを
流れ進む川のように受け入れて
研ぎ澄まされる中に
あなたは残る　　あなたの背中はわたしが語れる　　わたしが語るよ

心境

手持ちが何もないと
歩けなかった日々は遠く
いつか
どこかまでと繰り返し
時を進められる
術と理解を手にした
会話の端々を気づかい
生まれる誤解を嫌って
いつか
圧倒して振り払うものにも
補足のスカーフを巻き付ける
術と隙を手にした

全ての本来の姿は
始めに見ていた場所は
ずっと胸に在った気持ちは

私は
今ここから消えてしまいそうだ
目を閉じられない

振り返る向きが分からない
耳を塞げない

この先に続きはない
早く足を止めて
早く荷物を置いて
戻れない道を行かなくては

誰に伝えるでもない自分の
想いと正義を守らなければ
私は今日にも消えてしまう
たった一つの魂を誤魔化しては
私はそこから消えたも同然だ

―水―

君の胸へ落とした言葉は
大きな噴水が水面に当たって飲まれて行く音を立てて
君のからだの内に混じり消える

次々に注いでも
順々に飲んでゆく
こぼれそうに慌てる顔や　急いで腕をまくるような一言の
かけらも出さない

わたしの中に湧き出続ける
明かりに光り流れるもの
君は器をひろげて

用意もなく
受け取る

与えられているのは
今
間違いなく
わたしだ

コネクション

温度を失くした世界は広がらない
生むことのできる風
風を生み続けよう
横に座る友達に差し出す
ハンカチのように
遠くで暮らす誰かに
笑いかけたりしたい
そんなに
大それたことじゃないはず
夢よりもっと
近くの昨夜

夢よりもっと
近くの夜明け
ペンで紙に写して
見せ合いっこしたい
夢よりもっと
確実な昨日
夢よりもっと
感じる明日
みんなが
知ってること
大それたことじゃ
ないはず

道標

側にいれば幸せなら
こんなに祈ったりしなかったろう
抱き合えれば気持ちいいのなら
こんなに振り返ったりしなかったろう

分かり合えることだけを探して
過去は全て背負った背中を
それでも曲げては最後だと
息を吸い込んだら覗く景色

夜明けから一番遠い場所に
目を閉じた時響く声

ずっとむかしに出会った
記憶の目印の声
夢の壁の向こうをたたくような声を
現実で追いかけてきた
現実で追いかけてきた

たったひとつの約束だから
追いかけてこれたんだ

出会えてよかった

―― 「dragon」 ――

熱の終わり
秋の顔にくるまれた時
あなたを愛した脈が跳ねました
匂いには理由を
呼吸に時間を
言葉に意志を
拳に涙を
あなたは嵐を
飼い馴らせる日まで
出掛け続ける生き方でした
誰にも届かない嗚咽を
拾い集めて撫でるような毎日でした

胸の痛みが鼓動の証のような
真実の毎日でした

選択の日々に戻ることがあなたとの別れだったと
今は思いません
空の色も変わり
風の向きも変わり
わたしは変わらないのです
始まりと終わりを持つ
街を暴れる嵐は
あなたと濡れたどれひとつにも似ない
この脈は眠らせたいのです
竜が生まれてしまう

その前に

「可能性の街」

限られた記号を組み合わせて
永遠のような
幻のような
昨日の夢のような
遠い胸の鍵を探す
いつか音を立てて開く日の
笑顔は決めてある

音楽は自由だったのに誰にも歌えるようになったみたいに
記号になってルールになって今や誰も分解しない
こんなに違う顔をしていることを
さみしさから逃げるように無視せずに
渡された荷物は一度　必ず抱きしめたい

息を吸って吐く日常の拍子に
さかしらに使いかけを零したりせずに
抱きしめられる送り物をしたい

限られたものばかりの世界で
今ここにいることだけが
有限を打ち壊す

永遠のように
幻のように
昨日の夢のように遠い胸へ
ここだけが繋がってる
早く会いたいからそのために
笑顔を探しに
今日も可能性の街へ出る

ことだま

この灰色のノートを広げれば
体は
カルデラの時計の上で向い風を受ける

ひとりひとり
名前で輪郭をなぞったら
ここから大きな声で呼ぶから聴いてて

あなたの優しさが緩むまで

あなたの強さが震えるまで

あなたの唇が涙を嚙むまで

ここから大きな声で呼ぶから聴いてて

歯を食いしばる瞬間すべてを忘れる
通り過ぎた先でしか
待ち合わせができない私達は
どこからでも繋ぎ止められるほどの
頑丈な声帯と強靭な腹筋と唯一無二の声
どこで食いしばっていても鍛え続ける

出さないＳＯＳで光るために
世界中を輝かせるために
遠く遠く散らばる私達

今日は私から降る声を
ここから大きな声で呼ぶからみんな聴いてて

#「澄」

恋をつけよう
今日まで 両腕で隠してきた　やっと形になった「わたし」
引き換えになるような気がしては少し心細い　なぜか
誰か人の手で
この心の中に火が点るとしたら
今日出会ったあなたしかいない
溜め息では消えないような
これは恋になる
今も離れない
次々に引火していく肌の
音が耳から離れない
星が街灯を押しのけ降る
目を瞑る夜

名前

あなたのことを
むかしから知っています
「誰か」は誰かじゃなくて
ただ名前が分からなくて
そう呼んでいるだけ

この気持ちにも
皆が悶えてる胸にも
「誰か」という祈りにも
今までの出会いにも
呼んだら彼らが喜んで振り返るような
本当の名前がある

わたしはあなたのことを
遠い未来からここへ引っ張り出した時から
ずっと苦しい

もしもあなたが
名前を思い出せずに
呼び声に通り過ぎてしまったら…？
もしもわたしが
名前を思い出せずに
声をかけられず過ぎてしまったら…？

月明かりの机で眠ったら
そんな悲しい夢を見てしまったよ

一日

外は朝。
私が帰ると部屋は
染まりかけを名残惜しみながら
昨日の夜になる。

悪い事は起きない。
忘れるような嫌なことばを二、三
投げ捨てられただけだ。

忘れるようになった。
いつからか、
坂道がこぎづらくなるような
重りを持ち帰らなくなった。

人は消化と呼ぶ。
そうやって生きてくと
意識を遠くするような目で言う。
味わっちゃいないのに？
噛み砕いてもいないのに？

喉を鳴らさず床についても
夢見悪い一日。

それを背負う朝なんて嫌だ。
時間はあるのだから、味わおうじゃない。
意固地だなんて決めずに、
おみやにして持ち帰ろう。
優雅に食いしばり、優雅に泣こう。
そうやって生きて行くと
私は手のひらを見つめて言う。

推敲

遠くで鳴く蝉が
忘れようとしてる事を
ゆっくりと引きずりだす

始めからなかったものなんて
気付いていないから
失くした失くしたと
僕らは泣くけれど

現実が角度を変えれば
居ないあなたの存在が

端々から香る写真になる
現実の角度を変えるには
僕らの内側の広さ
それだけがあればいい

ふとした時　指でつくる
ファインダーの中は
すべてが適っている
それがはじめて景色だと
いま気付かなきゃ
僕らも毎年は泣けないから
いま気付かなきゃ

ドライブ

こうして覗く　流れる景色は
いつも同じ　柔らかな星の明かり
あなたが横にいる　それだけで
この
疑問で埋まるように見えた街は
軽い挨拶を交わして
後ろへ流れてゆく
雨からも　風からも隠れて
秘密の話が解かれる
スクリーンの中を二人で追うような
永遠が覗く　僅かの時間

帰宅

腕を大きく広げて
彼は交差点で立ち止まる
気付いた私が駆けて来るのを
少しだけ不器用な顔で受けとめる
顎の下から見上げる頃には
誰に見られる照れもない
とびきりの視線をくれる
一秒の笑みの効果を
知り尽くしてる彼は
玄関の前　手を離したら
目が合う瞬間舌をだす
このイタズラがとても好きだ

おかえり。
ただいま。

name of magic

どこから欲張りだしたの
自分の胸に確かめるだけで
あんなに温まった唇が

あなたがあなたであるように
わたしがわたしであるために
伸ばした指先にこそ
宿る魔法の名前が

ふたりを縛り始めた

ブレーキでは止められない

鍵を開けてしまったから
使い方を間違えれば
与えられた魔法の名前に

ふたりは縛られてゆく

ほら
少しでも近くにいたいと
願いは叶っているのに？

呼び出された魔法が
首をかしげて悲しむ

＊＊ひがつく＊＊

この気持ちはなんだろう
誰かがそばにいる
気配がする
息を潜めるほど
鼓動が呼び声を上げるよう

この人に
知らないトビラを開ける姿を
今からすることを
見ていてもらいたい
そう思っているかのよう

私が話す声に
かすかに倍音がする
初めて口にする言葉に
心地のいいメロディが
鳴っている
流行りの歌のように
よく知っている

どうしてだろう

ブラインド

僕には日だまりが見えない
暖かいねとほころぶ顔は
照らされてるんだろうと
想像して頷く

僕には風が匂わない
もうすぐ秋だと伏せるまつげは
揺れているんだろうと
想像して頷く

僕には時間の音が聞こえない

だから泣いたり笑う肩に
夜の長さや朝の決まり事
去年の僕らや来年の二人が
どんどん積まれて行ってるんだろうって
想像して
想像して
消えて行かないように
抱きしめる

A CELEBRATED GENERATION

生きることからは離れられない
でも差迫り過ぎないで
無意識に繰り返す呼吸や恋を忘れないで

夕日を見た数少ない世代達よ
夜を渡って太陽を持ち上げよう
総てのつくりものは生まれる時に
総ての偽りも脱いで来る
孵る度に事実になる総て
迷わず選ばず吸い込んでるように
終わりを知るために始まるように

この世界を見渡すために恋をしよう
夜だけ見える星のように
目を閉じて触れ合うと
生きることからは離れられない
安心という不自由に近づく
でも針の穴見つめ過ぎないで
無意識に呼ぶ希望と恐怖を引き裂かないで
私達は夕日を見た数少ない世代
持ち合わせじゃ買えない不安はもうない

My codename is SAKURA

いつか、モンスターになったら
桜のシャワーを纏って変身したいな
うすピンクに淡いかをり
空に広く伸ばす枝の下で
私はハート型になる
愛情は無敵
誰も私とは争えない

ふたりの仕事

あなたは抱きしめてくれる
でも私は窮屈に感じてしまう
あなたと私が同じ方法で確かめられるようになったら
二人は同じ秤で満たされる
私はそう思うの

私は転んだり日焼けして
擦り傷を作りながら跳ねまわる
日が沈む頃、一緒に帰るまで
心配しないで
何かを噛みつぶすように抱きしめなくても
大きな声を出して呼ばなくても

あなたのことをいつも
いつも聴いているよ
土手で休みながら遊ばせる犬のように
遠くにいてもいつも
あなたの様子を感じてるよ

「条件」

同じ人間であること
隣に眠る夜が
誰も不幸にしていないこと
約束するのを
誰にも止められないこと
あなたとわたしであること

全てがいまの条件
胸を潤おす
幸せの条件

私は毎日こんな事を考えている

少し反応の遅かったパソコンのせいで
熱いトゲが鼻の先からつんと抜けた
昨日のあなたの言葉に
今日の街角を重ねてみた
仕事着同士のすれ違いに
あなたとのキスで
対抗してみた
ごちゃ混ぜしたがってる　それを
一緒に生きてることに結びつけたい
肌の撫で方の　こんなにも違うものを
　ヘッドフォンをしている時だけ強い
　私の本音の鳴る場所は

あなたの手を引きながら歩くには
まだまだ狭い
息を吸うより早く
考えもなしに嘘をつく
意味のない嘘をつく
どうしたかったのか　どうなるのが嫌だったのか

ただあわてて吐いた息が
ほんとうと違う話を乗せて飛び出る
そうやって嘘をつく
でも嘘をつく
ヘッドフォンをしている時だけ強い
私の本音の出る場所は
あなたに肩を抱かれながら歩くには
まだまだ狭い
ひとりにならなきゃ解らない

胸の酔いがある
私を食うウィルスを見つけてから
会いに行かなきゃ　抱いてもらわなきゃ
夜にも日の出にも仕事にも雨にもあなたにも夕暮れにもお月様にも家にも
原因はない
宙を舞うウィルスを飲み込んで寝込む　病気がちな
ヘッドフォンをしている時だけ強い
私の本音の出る場所で息をする私を外へ誘い出すあなた

コップにあふれるあなたの涙に
私を挿して吸い込み
色に孵す

夕暮れは大胆だから
もっともっと更けた頃
会おう

吐く息が話して
吸う息が答えて
言い訳を失くしたら
胸に直接触れて痛い鼓動ばかり

会えば会う程会いたい
聞けば聞く程知らない
二つの振り子はすれ違う時かすれて
だからひとりになりたくなる

二枚の毛布にくるまって眠る

こんなに近くの胸を こんなに近くの腕を
いとおしく眺めてる
自分まで愛しく感じる
あなたが見せてくれる この世界の単純が
幸せや、 きれいなものを増やすんだよ

明日に襲われるような気が なぜか止まない日も
I sleep under two blankets
ここに帰ればあなたがいる ここにはわたしがある
許してくれる場所 あなたと生きてる わたしがいること
ひとつ思うだけで 別々の時間は埋まる

出掛けた先で伏せた 過ぎた記憶 離れた温度
やわらかい毛布の中
洗い流して行け

あなたと、やさしい未来を

願いごと

答えから遠ざかっている毎日
真実を遠ざける毎日は
優しさもついて来ない
だから涙も温まらない
欲しい物を貫いてるつもりが
それ以外を傷つけないように
気をつけているつもりが
固まって動けない
さみしさで凍えて
一歩も動いていない
選ばないのも、渡さないのも
斬りつけてしまうのに変わりない時がある

誰かを救える道を行きたい
振り返ってもはっきり見える足跡にしたい
誰かが指を指して言えた言葉なら
解り易く背負っていけるかも知れない
欲しい物に辿り着きたいんだ
その姿だけが自分を許してくれるかも知れない
誰も見ていなくても続けられるのは
君に見られる日にそうであるようにって
隠した誓いが本当はあるから
そんなやりかたの自分が
いつも近くにいるんだ

「群青の夜」

あなたにもだれかの声が鳴る冬の窓かな
夜が澄みだして
空気が息を潜める
大人の秘密の話が聞こえてしまう
だから日は急いで落ちる

毛布を魔法の絨毯にして
寝返りのうてるベッドを抜け出したい

あなたもこのひそひそ声の夜に気付いている
こんなに輝く星を一人で見上げていられない
あなたの声が聴きたい
会いたい

＊ ＊ wish upon a star ＊ ＊

今独りじゃないといい
鍵を鳴らして曲がる帰り道
指先よりも胸が温かいあなたでいて欲しい

どうして私達の日常は
こんなにも
世界と生きているような遠くまで澄んだ日と
出口まで混ざる事のない天井へのトンネルを漕ぐような日
糸の長過ぎる振り子を見つめる日々なのだろう

あなたの言葉がいつも嘘じゃないといい
あなたの笑顔がいつも思惑通りだといい

あなたの後ろ姿がいつも私の思い過ごしだといい
あなたの心がいつもあたたかい毛布に帰る一日だといい
誰の前でもないあなたの前で
あなたが優しく息をついている
窓ガラスを曇らせるのは
幸せの余りの粒だといい

誰かが願う事で守れるものがあるなら
どうか彼の帰り道を
照らしていてください

サイン

・
・
「会いたかった」と
言ったのは
会えた事を
も一度確かめる為じゃない
会えただけじゃ足りない事を
伝えるための
サイン

いて、神様

わたしはよわい
　見える形に迫る
わたしはたよる
　言葉を先に貰う
このひろい　心の草原を
駆け抜ける風に一ケ所も凍みない
笑顔を持てる日が欲しい
わたしはよわい胸を
隠さずに立つから
わたしがたよる
言葉の約束等を吹き飛ばす
突風をいつも　このひろい草原に奔らせていて
いて　神様

もしもの永遠

となりにいても
口に出さなくちゃ
届かないまま
もしも、のまま
夜は終わる

［AM］

街灯
出窓のスタンド
エスケープヘッドライト
旅立つ蝋燭
夜明けはどこか
照らされた空はどこか
見間違えないで
追え！

カウントダウン

花がひらく　カーテンがひらく
生まれた時始まった
カウントダウン高鳴る
時間を与えられ、未来が香り
髪を引く過去が唸る
僕らは１つの際限の中で
壮大な待ち合わせを
遂げようとしている
そのさなか響き合いながら
いま歴史の目録にサインをする

ガイド

勝手に懐かしんで、そのまま泣き出して、
そういうのも「切ない」にはいるのかな、と
余分な気持ちも混ぜながら時々、
きゅうに、思い出すときがあるの。

〝ふたりで〟でしか通ったことのない路が、
この街にはそういえばたくさんあって、
着てた服、話したこと、季節さえ、あいまいなのに、
それでもこの路は、なんだか、
「あなたとのみち」なの。
坂のように、
橋のように、

これから何気なく　何度と通ううちに忘れても、
この路には、名前がついてる。
ずっと未来のわたしに関係のないところで、
ほかの誰にも関係のないところで、
ここには記憶が刻まれていて、
通るたびに流れ始める。
胸を突いた時間達の
ガイド

伝

眠る間を惜しんで　今夜は
あなたへの気持ちを記していたい
何よりも自分を癒してあげられる
優しい方法なの

この壁の一枚向こうに
あなたが寝ているよう

差し出し人なんて　分からなくていいから
この穏やかな時間が
あなたにも電波の速さで　届くといいのに

今なら大きなハサミを持って
夜の空を切り込んで　水色に
どこまでも水色に　できる気がする
こんなに　こんなに
広がる気持ちなの

GAIN

私達は　人の痛みで生きている。
昨日の言葉は忘れて、またひとつ、振り返る場所をふやして。
ここに来た時、不思議なことを思い出した。
あの日にした苦い顔は、今日あの場所であの子がしたそれだった。

たくさん攻めた言葉が、私を責めるために戻ってくる。
ひとつひとつ覚えている。どれも的を射ている。
涼しく胸を刺しぬく。この日のための、あの日だったようだ。

一人ではたどれない記憶を、思い出せない出来事を、
いつも夢で垣間見る。目覚めて並べるのは、変わらない理由と言い訳。
分刻みのスケジュールのような理由も、自分のためだけの言い訳も、

この記憶が繰り返す、ほんとのとこからはほど遠い。
どうすればいいのか、どうしたいのか、けれど静かに、鮮やかになる。

今夜、そんな私が手に入れた、あなたとの時間で、
ひとりでは行けない、その勇気が眠る場所へ。
海馬を渡って拾いに行く。
両手いっぱいでそれを抱えているうちに、また誰かを傷つけても、
必ず、その痛みを知れるように。
「全て」に、限りなく近い思いでいられるように。

私達は　人の痛みで生きて行く。
人の痛みで進んでゆける。
だからいつか、やさしくなれる。
そしてひとを愛せる。
いつか自分を許せる。
それがリアルで美しい、信じている毎日だ。

景色

抱え込み過ぎるとこわれるから
いつも荷物はへらさなくちゃ。
意識はしてるつもりでも、
拾い上げたものは、手離せなくて、
いよいよ背負えなくなった気持ちの前で、
時間が追い越していこうとしてた時、
「半分持ちましょう」と言った。
微笑む横顔が綺麗でやさしい、
あなたを見てる間に、
ふわふわと軽くなって行くのを感じた。
体の中が、心の中が、
水を浴びて長い間の埃を落とした。

もう一度、一人で歩けそうになった道の木陰に、
二人で腰をおろして話をした。
初めて息をついたら、とても心地よくて、
つらかったことが、正直につらかったと言えた。
涙を流せたら、あったかくなって、
ここに居たい　と思った。
もう　行かなくてもいいかな　と思った。
もう一度、一人で歩けそうになった道は、
額に入った、平面の絵のように見えた。
もう　行かなくてもいいかな　と思った。
ここに居たいと　思った。

ある日

ある言葉から重りが外れた
羽が生えて窓の風に飛び跳ねた

ふわふわになってしまった

並ぶ文字は変わらないのに
力が消えていた
ふわふわになって
自由の場所へ舞い上がっていった

あの日言葉から愛が外れたんだ

こい

君に渡った導線は
そんなもんじゃない
競り合いを超えてゆく
これはいのちの受け渡しだ
胸のポケットから火が消えたなら
すぐに手を引け
名乗れば
帰り道は消えるかも知れない
試せば試される
一つの魂を掲げろ
胸のポケットから火が消えるなら
すぐに手を引くがいい

a witch

むかし、ひとり駐車場でこっそり、
ほうきにまたがり、魔女になる練習をした。
一瞬、ちいさな渦が起きてスカートが広がったとき、
まずい、
と足を踏ん張った。
心の準備と、お母さんへの報告がまだだった。
そのあと何度近づいても、足元で風が起きることはなかった。
けれどずっとずっと信じていた。
たぶん少しだけ、タイミングがいけないだけだと。

何年経ってもあのときの、焦った気持ちを憶えてる。
あとも少しだけ、真剣に修行をしていればと、今でも思ったりする。
そしてときに、その場所に出かけてみたりする。

小さなちいさな場所で、
妹にも秘密に、
〝ふさわしいほうき〟を探していた。

いまは、せめて魔女にはなれなくても、
信じて疑わない、気持ちだけはおなじでありたい。
どんなふうになんてなかった。そうなるからそうなるんだって、それだけだった。

帰り道に入りながら、目を閉じる。
わき目もふらずに修行する魔女を浮かべて、
あの子になるための集中をしよう。
そして今度は、
ちゃんと蹴り上げる。
もうわたしは、大人だから。
あの子と魔女を通り過ぎてきた、大人だから。

好き

「切ない」と手帳に書いた
〝切〟が目に刺さった
顔を隠した　涙が出た

揺られるバス　帰る先に
私を呼ぶ人はいない
何もかもが形をなくして
闇に消えてしまう　今にも

その前に、今夜中に
この胸に名前をつけてあげたい
絡まって迷子の糸を呼んであげたい

いつからか私に住みついて
鼓動はひとつになって

熱く　響く　強く　脆い
この胸の名前を呼んで　そして
ここに居ていいよ　と言ってあげたい

毛布を一枚　抱いて眠ろう
離れてしまわないように

いつか私も呼ばれたなら
ここに居ていいと言われたなら
こんな風にあたたかいかな
だったらいいな
これは
涙の温度と同じ

著者プロフィール

根本 はる（ねもと はる）

1978年4月3日生まれ。
ひとが組み立てて発する信号、それを受けとって表れる反応。
発信者はその反応で、渡った距離や時間を知ることもできる。
投げつける、しのばせる、くり返す、届けない――。
言葉は共有できる姿を借りた暗号だ。解読に法則はない。
私は信号を発し続け、たくさんの距離と時間を抱きたい。

「想う」から生まれる距離

2004年7月15日　初版第1刷発行

著　者　根本 はる
発行者　瓜谷 綱延
発行所　株式会社文芸社
〒160-0022　東京都新宿区新宿1－10－1
電話　03-5369-3060（編集）
03-5369-2299（販売）

印刷所　株式会社平河工業社

ISBN4-8355-7598-9 C0092